尷尬人難免尷尬事　鴛鴦女誓絕鴛鴦偶

話說黛玉直到四更將闌方漸漸的睡去暫且無話如今且說鳳姐兒因見邢夫人叫他不知何事忙另穿戴了一番坐車過來邢夫人將房內人遣出悄悄向鳳姐兒道叫你來不爲別的有一件爲難的事老爺託我我不得主意先和你商議老爺因看上了老太太屋裡的鴛鴦要他在房裡叫我和老太太討去我想這倒是常有的事就怕老太太不給你可有法子辦這件事麼鳳姐兒聽了忙陪笑道依我說竟別碰這個釘子去老太太離了鴛鴦飯也吃不下去那裡就捨得了況且平日說起閒話來老太太常說老爺如今上了年紀做什麼左一個右一個的放在屋裡頭宗躭悞了人家的女孩兒二則放着身子不保養官兒也不好生做成日和小老婆喝酒太太聽聽很喜歡偺們老爺麼這會子躲還怕躲不及這不是拿草棍兒戳老虎的鼻子眼兒去嗎太太別惱我是不敢去的明放著不中用而且反招出沒意思來老爺如今上了年紀行事不免有點兒背晦太太勸勸纔是比不得年輕做這些事無礙如今兄弟姪兒兒子孫子一大羣還這麼鬧起來怎麼見人呢邢夫人冷笑道大家子三房四妾的也多偏偺們就使不得我勸了也未必依就是老太太心愛的丫頭這麼鬍子蒼白了又做了官的一個大

兒子要了做屋裡人也未必好駁回的我叫了你來不過商議商議你先派了一篇的不是也有叫你去的理自然是我替去你倒說我不勸你還是不知老爺那性子的勸不成先和我鬧起來鳳姐知道邢夫人稟性愚弱只知奉承賈赦以自保次則婪取財貨爲自得家下一應大小事務俱由賈赦擺佈凡出入銀錢一經他的手便尅扣異常以賈赦浪費爲名須得我就中儉省方可償補兒女奴僕一人不靠一言不聽如今又聽說如此的話便知他又弄左性子勸也不中用了連忙陪笑說道太太這話說的極是我能活了多大知道什麼輕重想來父母跟前別說一個丫頭就是那麼大的一個活寶貝不給老爺給誰

背地裏的話那裏信的我竟是個儍子拿着二爺說起或有日得了不是老爺太太恨的那樣恨不得立刻拿來一下子打死及至見了面也罷了依舊拿着老爺太太心愛的東西賞他如今老太太待老爺自然也是這麼着依我說老太太今兒喜歡要討今兒就討去我先過去哄着老太太等太太過去了我搭赸着走開把屋子裡的人我也帶開太太好和老太太說給了更好不給也沒防碍衆人也不能知道邢夫人見他這般說便又喜歡起來又告訴他道我的主意先不和老太太說老太太說不給這事就死了我心裡想着先悄悄的和鴛鴦說他雖害臊我細細的告訴了他他要是不言語就妥了那時再和老太

太說老太太雖不依擱不住他愿意常言人去不中留自然這就妥了鳳姐兒笑道到底是太太有智謀這是千妥萬妥別說是鴛鴦憑他是誰那一個不想巴高望上不想出頭的放著半個主子不做倒愿意做丫頭將來配個小子就完了呢邢夫人笑道正是這個話了別說鴛鴦就是那些執事的大丫頭誰不愿意這樣呢你先過去別露一點風聲我吃了晚飯就過來鳳姐兒暗想鴛鴦素昔是個極有心胸氣性的丫頭雖如此說保不嚴他愿意不愿意我先過去了太太後過去他要依了便沒的話說倘或不依太太是多疑的人只怕疑我走了風聲叫他拿腔作勢的那時太太又見應了我的話羞惱變成怒拿我出

起氣來倒沒意思不如同着一齊過去了他依也罷不依也罷就疑不到我身上了想畢因笑道纔我臨來舅母那邊送了兩籠子鵪鶉我吩咐他們炸了原要赶太太晚飯上送過來我纔進大門時見小子們抬車說太太的車拔了縫拿去收拾去了不如這會子坐了我的車一齊過去倒好邢夫人聽了便命人來換衣裳鳳姐忙着伏侍了一回娘兒兩個坐車過來鳳姐兒又說道太太過老太太那裡去我要跟了去老太太要問起我過來做什麽那倒不好不如太太先去我脫了衣裳再来邢夫人聽了有理便自往賈母處來和賈母說了一回閒話兒便出來假托往王夫人屋裡去從後屋門出去打鴛鴦的卧房門前

過只見鴛鴦正坐在那裡做針線見了邢夫人站起來邢夫人笑道做什麽呢一面說一面便過來接他手內的針線道我看看你扎的花兒看了一看又道越發好了遂放下針線又渾身打量只見他穿着半新的藕色綾襖青緞掐牙坎肩兒下面水綠裙子蜂腰削背鴨蛋臉烏油頭髮高高的鼻子兩邊腮上微微的幾點雀瘢鴛鴦見這般看他自己倒不好意思起來心裡便覺詫異因笑問道太太這會子不早不晚的過來做什麽邢夫人使個眼色兒跟的人退出邢夫人便坐下拉著鴛鴦的手笑道我特來給你道喜來的鴛鴦聽了心中已猜着三分不覺紅了臉低了頭不發一言聽邢夫人道你知道老爺跟前竟沒有個可靠的人心裡再要買一個又怕那些牙子家出來的不乾不淨也不知道毛病兒買了來三日兩日又弄鬼掉猴的因滿府裡要挑個家生女兒又沒個好的不是模樣兒不好就是性子不好有了這個好處沒了那個好處因此常冷眼選了半年這些女孩子裡頭就只你是個尖兒模樣兒行事做人溫柔可靠一概是齊全的意思要和老太太討了你去收在屋裡你比不得外頭新買了來的這一進去了就開了臉就封你作姨娘又體面又尊貴你又是個要強的人俗語說的金子還是金子換誰知竟叫老爺看中了你如今這一來可遂了你素日心高智大的願了又堵一堵那些嫌你的人的嘴跟了我們老太

太去說着拉了他的手就要走鴛鴦紅了臉奪手不行邢夫人知他害臊便又說道這有什麼臊的又不用你說話只跟着我就是了鴛鴦只低頭不動身邢夫人見他這般便又說道難道你還不愿意不成若果然不愿意可真是個傻了頭了放着主子奶奶不做倒愿意做了頭三年兩年不過配上個小子還是奴才你跟我們去你知道我的性子又好又不是那不容人的人老爺待你們又好過一年半載生個一男半女你就和我並肩了家裡的人你要使喚誰誰還不動現成主子不做去錯過了機會後悔就遲了鴛鴦只管低頭仍是不語邢夫人又道你這麼個爽快人怎麼又這樣積粘起來有什麼不稱心的地方

兒只管說我管保你遂心如意就是了鴛鴦仍不語邢夫人又笑道想必你有老子娘你自己不肯說話怕臊你等他們問你呢這也是理等我問他們去叫他們来問你有話只管告訴他們說畢便往鳳姐兒屋裡來鳳姐兒早換了衣裳因屋內無人便將此話告訴了平兒平兒也搖頭笑道據我看來未必妥當平常我們背着人說起話來聽他那個主意未必肯也只說着瞧罷了鳳姐兒道太太必來這屋裡商量依了還猶可要是不依白討個沒趣兒當着你們豈不臉上不好看你說給他們炸些鵪鶉再有什麼配幾樣預備吃飯你且別處逛逛去估量着走了你再來平兒聽說照樣傳給婆子們便逍遙自在的園子

裡來這裡鴛鴦見邢夫人去了必到鳳姐房裡商議去了還必定有人來問他不如躲了這裡因找了琥珀道老太太要問我只說我病了沒吃早飯往園子裡逛逛就來琥珀答應了鴛鴦便往園子裡來各處遊玩不想正遇見平兒平兒見無人便笑道新姨娘來了鴛鴦聽了便紅了臉說道怪道你們串通一氣來算計我等著我和你主子鬧去就是了平兒見鴛鴦滿臉惱意自悔失言便拉到楓樹底下坐在一塊石上把方纔鳳姐過去回來所有的形景言詞始末原由都告訴了他鴛鴦紅了臉向平兒冷笑道我只想偺們好比如襲人琥珀素雲紫鵑彩霞玉釧麝月翠墨跟了史姑娘去的翠縷死了的可人和金釧去

了的茜雪連上你我這十來個人從小兒什麼話兒不說什麼事兒不做這如今因都大了各自幹各自的去了我心裡卻仍是照舊有話有事並不瞞你們這話我先放在你心裡且別和二奶奶說別說大老爺要我做小老婆就是太太這會子死了他三媒六證的娶我去做大老婆我也不能去平兒方欲說話只聽山石背後哈哈的笑道好個沒臉的丫頭虧你不怕牙磣二人聽了不覺吃了一驚忙起身向山後找尋不是別人却是襲人笑着走出來問什麼事情也告訴告訴我說著三人坐在石上平兒又把方纔的話說了襲人聽了說道這話論理不該我們說這個大老爺真真太下作了略平頭正臉的他就不能

放手了平兒道你既不愿意我教你個法兒鴛鴦道什麼法兒平兒笑道你只和老太太說就說已經給了璉二爺了大老爺就不好要了鴛鴦啐道什麼東西你還說呢前兒你主子不是這麼混說誰知應到今兒了襲人笑道他兩個都不愿意我說就和老太太說叫老太太就說把你已經許了寶二爺了大老爺也就死了心了鴛鴦又是氣又是臊又是急駡道兩個壞蹄子再不得好死的人家有爲難的事拿著你們當做正經人告訴你們與我排解排解饒不管你們倒替換着取笑兒你們自以爲都有了結果了將來都是做姨娘的據我看來天底下的事未必都那麼遂心如意的你們且收著些兒罷别忒樂過

了頭兒二人見他急了忙陪笑道好姐姐别多心偺們從小兒都是親姊妹一般不過無人處偶然取個笑兒你的主意告訴我們知道也好放心鴛鴦道什麼主意我只不去就完了平兒搖頭道你不去未必得干休大老爺的性子你是知道的雖然你是老太太房裡的人此刻不敢把你怎麼樣難道你跟老太太一輩子不成也要出去的那時落了他的手倒不好了鴛鴦冷笑道老太太在一日我一日不離這裡若是老太太歸西去了他横竪還有三年的孝呢沒個娘纔死了他先弄小老婆的等過了三年知道又是怎麼個光景兒呢那時再說總到了至急爲難我剪了頭髮做姑子去不然還有一死一輩子不嫁男

人又怎麼樣樂得干凈呢平兒襲人笑道真個這蹄子沒了臉越發信口兒都說出來了鴛鴦道已經這麼着臊一會子怎麼樣你們不信只管看着就是了太太纔說了找我老子娘去我看他南京找去平兒道你的父母都在南京看房子沒上來終久也尋的着現在還有你哥哥嫂子在這裏可惜你是這裏的家生女兒不如我們兩個只單在這裏鴛鴦道家生女兒怎麼樣牛不喝水強按頭嗎我不願意難道殺我的老子娘不成正說着只見他嫂子從那邊走來襲人道他們當時找不著你的爹娘一定和你嫂子說了鴛鴦道這個娼婦專管是個六國販駱駝的聽了這話他有個不奉承去的說話之間已來到跟前他

嫂子笑道那裏沒有找到姑娘跑了這裏來你跟了我來我和你說話平兒襲人都忙讓坐他嫂子只說姑娘們請坐找我們姑娘說句話襲人平兒都裝不知道笑說什麼話這麼忙我們這裏猜謎兒呢等猜了再去罷鴛鴦道什麼話你說罷他嫂子笑道你跟我來到那裏告訴你橫豎有好話兒鴛鴦道可是太太和你說的那話他嫂子笑道姑娘既知道還奈何我快來我細細的告訴你可是天大的喜事鴛鴦聽說立起身來照他嫂子臉上下死勁啐了一口指着罵道你快夾着你那嘴離了這裏好多着呢什麼好話又是什麼喜事怪道成日家羨慕人家的丫頭做了小老婆一家子都仗着他橫行霸道的一家子

都成了小老婆了看的眼熱了也把我送在火坑裡去我若得臉呢你們外頭橫行霸道自已封就了自已是舅爺我要不得臉敗了時你們把忘八脖子一縮生死由我去一面罵一面哭平兒襲人攔着勸他他嫂子臉上下不來因說道愿意不愿意你也好說犯不着拉三扯四的俗語說的好當着矮人別說矮話姑娘罵我我不敢還言這二位姑娘並沒惹着你小老婆長小老婆短人家臉上怎麼過的去襲人平兒忙道你倒別說這話他也並不是說我們你倒別拉三扯四的你聽見那位太太太爺們封了我們做小老婆况且我們兩個也沒有爹娘哥哥兄弟在這門子裡仗着我們橫行霸道的他罵的人自由他罵

去我們犯不著多心鴛鴦道他見我罵了他臊了沒的盖臉又拿話調唆你們兩個幸虧你們兩個明白原是我急了也沒分別出來他就挑出這個空兒來他嫂子自覺沒趣賭氣去了鴛鴦氣的還罵平兒襲人勸他一回方罷了平兒因問襲人道你在那裡藏着做什麼我們竟沒有看見你襲人道我因爲往四姑娘房裡看我們寶二爺去了誰知遲了一步說是家去了我疑惑怎麼沒遇見呢想要往林姑娘家找去又遇見他的人說也沒去我這裡正疑惑是出園子去了可巧你從那裡來了我一閃你也沒看見後來他又來了我從這樹後頭走到山子石後我却見你兩個說話來了誰知你們四個眼睛沒見我一

語未了又聽身後笑道四個眼睛沒見你你們六個眼睛還沒見我呢三人嚇了一跳回身一看你道是誰却是寶玉襲人先笑道叫我好找你在那裡来着寶玉笑道我打四妹妹那裡出來迎頭看見你走了來我猜你必是找我去的我就藏起来了哄你看你揚著頭過去了進了院子又出來了逢人就問我在那裡好笑等着你到了跟前嚇你一跳後來見你也藏藏躲躲的我就知道也是要哄人了我探頭兒往前看了一看却是他們兩個我就遶到你身後頭你出去我也躲在你躲的那裡了平兒笑道偺們再往後找找去罷只怕還找出兩個人來也未可知寶玉笑道這可再沒有了鴛鴦已知這話俱被寶玉聽了只伏在石頭上粧睡寶玉推他笑道這石頭上冷偺們回屋裡去睡豈不好說着拉起鴛鴦來又忙讓平兒來家吃茶和襲人都勸鴛鴦走鴛鴦方立起身來四人竟往怡紅院來寶玉將方纔的話俱已聽見心中着實替鴛鴦不快只默默的歪在床上任他三人在外間說笑那邊邢夫人因問鳳姐兒鴛鴦的父親鳳姐因說他爹的名字叫金彩兩口子都在南京看房子不大上來他哥哥文翔現在是老太太的買辦他嫂子也是老太太那邊漿洗上的頭兒邢夫人便命人叫了他嫂子金文翔媳婦來細細說給他那媳婦自是喜歡興興頭頭去找鴛鴦指望一說必妥不想被鴛鴦搶白了一頓又被襲人平兒說了幾句

羞惱回來便對邢夫人說不中用他罵了我一塲因鳳姐兒在旁不敢提平兒說襲人也幫著搶白我說了我許多不知好歹的話回不得主子的太太和老爺商議再買罷諒那小蹄子也沒有這麽大福我們也沒有這麽大造化邢夫人聽了說道又與襲人什麽相干他們如何知道呢又問還有誰在跟前金家的道還有平姑娘鳳姐兒忙道你不該拿嘴巴子把他打回來我一出了門他就逛去了回家來連個影兒也摸不著他他必定也幫着說什麽來着金家的道平姑娘倒沒在跟前遠遠的看着倒像是他可也不真切不過是我白忖度著鳳姐便命人去快找了他來告訴我家來了太太也在這裡叫他快着來豐兒忙上來回道林姑娘打發了人下請字兒請了三四次他纔

去了奶奶一進門我就叫他去的林姑娘說告訴奶奶我煩他有事呢鳳姐兒聽了方罷故意的還說天天煩他有什麽事情邢夫人無計吃了飯回家晚上告訴了賈赦賈赦想了一想即刻叫賈璉來說南京的房子還有人看着不止一家即刻叫上金彩來賈璉回道上次南京信來金彩已經得了痰迷心竅那邊連棺材銀子都賞了不知如今是死是活即便活着人事不知叫來無用他老婆子又是個聾子賈赦聽了喝了一聲又罵混賬沒天理的囚攮的偏你這麽知道還不離了我這裡唬的賈璉退出一時又叫傳金文翔賈璉在外書房伺候着又不敢

家去又不敢見他父親只得聽着一時金文翔來了小么兒們直帶入二門裡去隔了四五頓飯的工夫纔出來去了賈璉暫且不敢打聽隔了一會又打聽賈赦睡了方纔過來至晚間鳳姐兒告訴他方纔明白且說鴛鴦一夜沒睡至次日他哥哥回賈母接他家去逛逛賈母允了叫他家去鴛鴦意欲不去只怕賈母疑心只得免強出來他哥哥只得將賈赦的話說給他又許他怎麼體面又怎麼當家做姨娘鴛鴦只咬定牙不願意他哥哥無法少不得回去回覆賈赦賈赦惱起來因說道我說給你叫你女人和他說去就說我的話自古嫦娥愛少年他必定嫌我老了大約他戀著少爺們多半是看上了寶玉只怕也有

賈璉若有此心叫他早早歇了我要他不來已後誰敢收他這是一件第二件想著老太太疼他將來外邊聘個正頭夫妻去叫他細想憑他嫁到了誰家也難出我的手心除非他死了或是終身不嫁男人我就伏了他要不然時叫他趁早回心轉意有多少好處賈赦說一句金文翔應一聲是賈赦道你別哄我明兒我還打發你太太過去問鴛鴦你們說了他不依便沒你們的不是若問他他再依了仔細你們的腦袋金文翔忙應了又應退出回家也等不得告訴他女人轉說竟自已對面說了這話把個鴛鴦氣的無話可回想了一想便說道我便願意去也須得你們帶了我回聲老太太去他哥嫂只當回想過來都

喜之不盡他嫂子即刻帶了他上來見賈母可巧王夫人薛姨媽李紈鳳姐兒寶釵等姊妹並外頭的幾個執事有頭臉的媳婦都在賈母跟前湊趣兒呢鴛鴦看見忙拉了他嫂子到賈母跟前跪下一面哭一面說把邢夫人怎麽來說園子裡他嫂子怎麽說今兒他哥哥又怎麽說因為不依方纔大老爺越發說我戀着寶玉不然要等着往外聘我憑到天上這一輩子也跳不出他的手心去終久要報仇我是橫了心的當着衆人在這裡我這一輩子别說是寶玉就是寶金寶銀寶天王寶皇帝橫竪不嫁人就完了就是老太太逼着我一刀子抹死了也不能從命伏侍老太太歸了西我也不跟着我老子娘哥哥去或是

尋死或是剪了頭髮當姑子去要說我不是真心暫且拿話支吾這不是天地鬼神日頭月亮照著嗓子裡頭長疔原來這鴛鴦一進來時便袖内帶了一把剪子一面說著一面回手打開頭髮就鉸衆婆子丫鬟看見忙來拉住已剪下半綹來了衆人看時幸而他的頭髮極多鉸的不透連忙替他挽上賈母聽了氣的渾身打戰口内只說我通共剩了這麽一個可靠的人他們還要來算計因見王夫人在旁便向王夫人道你們原來都是哄我的外頭孝順暗地裡盤算我有好東西也來要有好人也來要剩了這個毛丫頭見我待他好了你們自然氣不過弄開了他好擺弄我王夫人忙站起來不敢還一言薛姨媽見連

王夫人怪上反不好勸的了李紈一聽見鴛鴦這話早帶了姊妹們出去探春有心的人想王夫人雖有委屈如何敢辯薛姨媽現是親妹妹自然也不好辯寶釵也不便爲姨母辯李紈鳳姐寶玉一槩不敢辯這正用着女孩兒之時迎春老實惜春小因此窗外聽了一聽便走進來陪笑向賈母道這事與太太什麼相干老太太想一想也有大伯子的事小嬸子如何知道話未說完賈母笑道可是我老糊塗了姨太太别笑話我你這個姐姐他極孝順不像我們那大太太一味怕老爺婆婆跟前不過應景兒可是我委屈了他薛姨媽只答應是又說老太太偏心多疼小兒子媳婦也是有的賈母道不偏心因又說寶玉我錯怪了你娘你怎麼也不提我看着你娘受委屈寶玉笑道我偏着母親說大爺大娘不成通共一個不是我母親要不認却推誰去我倒要認是我的不是老太太又不信賈母笑道這也有理你快給你娘跪下你說太太别委屈了老太太有年紀了看着寶玉罷寶玉聽了忙走過來便跪下要說王夫人忙笑着拉起他來說快起來斷乎使不得難道替老太太給我陪不是不成寶玉聽說忙站起來賈母又笑道鳳姐兒也不提我鳳姐笑道我倒不派老太太的不是老太太倒尋上我了賈母聽了和衆人都笑道這可奇了倒要聽聽這個不是鳳姐道誰叫老太太會調理人調理的水葱兒是的怎麼怨得人要我幸虧是

孫子媳婦我若是孫子我早要了還等到這會子呢賈母笑道

這倒是我的不是了鳳姐笑道自然是老太太的不是了賈母

笑道這麽着我也不要了你帶了去罷鳳姐兒道等着修了這

輩子來生托生男人我再要罷賈母笑道你帶了去給璉兒放

在屋裡看你那没臉的公公還要不要了鳳姐兒道璉兒不配

就只配我和平兒這一對燒煳了的饍子和他混罷咧說的衆

人都笑起來了丫頭回說大太太來了王夫人忙迎出去要知

端底下回分解

紅樓夢第四十六回終

紅樓夢第四十七回

獃霸王調情遭苦打　冷郎君懼禍走他鄉

話說王夫人聽見邢夫人来了連忙迎着出去邢夫人猶不知賈母已知鴛鴦之事正還又來打聽信息進了院門早有幾個婆子悄悄的回了他他纔知道待要回去裡面已知又見王夫人接出来了少不得進來先與賈母請安賈母一聲兒不言語自巳也覺得愧悔鳳姐兒早指一事廻避了鴛鴦也自回房去生氣薛姨媽王夫人等恐碍着邢夫人的臉面也都漸漸退了邢夫人且不敢出去賈母見無人方說道我聽見你替你老爺說媒來了你倒也三從四德的只是這賢惠也太過了你們如

今也是孫子兒子滿眼了你還怕他使性子我聽見你還由着你老爺的那性子鬧邢夫人滿面通紅回道我勸過幾次不依老太太還有什麼不知道的呢我也是不得巳兒賈母道他逼着你殺人你也殺去如今你也想想你兄弟媳婦本来老實又生的多病多痛上上下下那不是他操心你一個媳婦雖然幇著也是天天丟下爬兒弄掃箒凡百事情我如今自巳减了他們兩個就有些不到的去處有鴛鴦那孩子還心細些我的事情他還想着一點子該要的他就要了來該添什麼他就趂空兒告訴他們添了鴛鴦再不這麼着娘兒兩個裡頭外頭大的小的那裡不忽略一件半件我如今反倒自巳操心去不成還

是天天盤算和他們要東西去我這屋裡有的沒有的剩了他一個年紀也大些我凡做事的脾氣性格兒他還知道些他二則也還投主子們的緣法他也並不指着我和那位太太要衣裳去又和那位奶奶要銀子去所以這幾年一應事情他說什麼從你小嬸和你媳婦起至家下大大小小沒有不信的所以不單我得靠連你小嬸媳婦也都省心我有了這麼個人就是媳婦孫子媳婦想不到的我也不得缺了也沒氣可生了這會子他去了你們又弄什麼人來我使你們就弄他那麼個眞珠兒是的人來不會說話也無用我正要打發人和你老爺說去他要什麼人我這裡有錢叫他只管一萬八千的買去就是要這個丫頭不能留下他伏侍我幾年就和他日夜伏侍我盡了孝的一樣你來的也巧就去說更妥當了說畢命人來請了姨太太你姑娘們來纔高興說個話兒怎麼又都散了丫頭忙答應找去了衆人赶忙的又來只有薛姨媽向那丫鬟道我纔來了又做什麼去你就說我睡了那丫頭道好親親的姨太太姨祖宗我們老太太生氣呢你老人家不去沒個開交了只當疼我們罷你老人家怕走我背了你老人家去薛姨媽笑道小鬼頭兒你怕什麼不過罵幾句就完了說著只得和這小丫頭子走來賈母忙讓坐又笑道偺們鬬牌罷姨太太的牌也生了偺們一處坐着別叫鳳丫頭混了我們去薛姨媽笑道正是呢老

太太替我看着些兒就是偺們娘兒兩個鬥呢還是添一兩個人呢王夫人笑道可不只四個人鳳姐兒道再添一個人熱鬧些賈母道叫鴛鴦來叫他在這下手裡坐着姨太太的眼花了偺們兩個的牌都叫他看着些兒鳳姐笑了一聲向探春道你們知書識字的倒不學算命探春道這又奇了這會子你不打點精神贏老太太幾個錢又想算命鳳姐兒道我正要算算今兒該輸多少我還想贏呢你瞧瞧塲兒沒上左右都埋伏下了說的賈母薛姨媽都笑起來一時鴛鴦來了便坐在賈母下首鴛鴦之下便是鳳姐兒鋪下紅毡洗牌告么五人起牌鬬了一回鴛鴦見賈母的牌已十成只等一張二餅便遞了暗號兒與

鳳姐兒鳳姐兒正該發牌便故意躊躇了半晌笑道我這一張牌定在姨媽手裡扣着呢我若不發這一張牌再頂不下來的薛姨媽道我手裡並沒有你的牌鳳姐兒道我回來是要查的薛姨媽道你只管查你且發下來我瞧瞧是張什麽鳳姐兒便送在薛姨媽跟前薛姨媽一看是個二餅便笑道我倒不稀罕他只怕老太太滿了鳳姐聽了忙笑道我發錯了賈母笑的已擲下牌來說你敢拿回去誰叫你錯的不成鳳姐兒道可是我要算一算命呢這是自已發的也怨不得人了賈母笑道可是你自已打着你那嘴問着你自已纔是又向薛姨媽笑道我不是小氣愛贏錢原是個彩頭兒薛姨媽笑道我們可不是這樣

想那裡有那樣糊塗人說老太太愛錢呢鳳姐兒正數著錢聽了這話忙又把錢穿上了向衆人笑道敎了我的了竟不爲贏錢單爲贏彩頭兒我到底小氣輸了就穿錢快收起來罷賈母規矩是鴛鴦代洗牌的便和薛姨媽說笑不見鴛鴦動手賈母道你怎麽惱了連牌也不替我洗鴛鴦拿起牌來笑道奶奶不給錢麽賈母道他不給錢那是他交運了便命小丫頭子把他那一吊錢都拿過來小丫頭子眞就拿了擱在賈母傍邊鳳姐兒笑道賞我罷照數兒給就是了薛姨媽笑道果然鳳姐兒小器不過頑兒罷了鳳姐兒聽說便站起來拉住薛姨媽回頭指著賈母素日放錢的一個木箱子笑道姑媽瞧瞧那個裡頭不

知頑了我多少去了這一吊錢頑不了半個時辰那裡頭的錢就招手兒叫他了只等把這一吊也叫進去了牌也不用鬭了老祖宗氣也平了又有正經事差我辦去了話未說完引的賈母衆人笑個不住正說着偏平兒怕錢不彀又送了一吊來鳳姐兒道不用放在我跟前也放在老太太的那一處罷一齊叫進去倒省事不用做兩次叫箱子裡的錢費事賈母笑的手裡的牌撒了一桌子推着鴛鴦叫快撕他的嘴平兒依言放下錢也笑了一回方回來至院門前遇見賈璉問他太太在那裡呢老爺叫我請過去呢平兒忙笑道在老太太跟前站了這半日還沒動呢趂早兒丟開手罷老太太生了半日氣這會子虧二

奶奶凑了半日的趣兒纔略好了些賈璉道我過去只說討老太太示下十四往賴大家去不去好預備轎子又請了太太又凑了趣兒豈不好呢平兒笑道依我說你竟別過去罷合家子連太太寳玉都有了不是這會子你又塡限去了賈璉道已經完了難道還找補不成况且與我又無干二則老爺親自吩咐我請太太去這會子我打發了人去倘或知道了正沒好氣呢指着這個拿我出氣罷說着就走平兒見他說的有理也就跟了賈璉過來到了堂屋裡便把脚步放輕了往裡間探頭只見邢夫人站在那裡鳳姐兒眼尖先瞧見了便使眼色兒不命他進來又使眼色與邢夫人邢夫人不便就走只得倒了一碗茶

來放在賈母跟前賈母一回身賈璉不防便沒躲過賈母便問外頭是誰倒像個小子一伸頭的是的鳳姐兒忙起身說我也恍惚看見有一個人影兒一面說一面起身出來賈璉忙進去陪笑道打聽老太太十四可出門好預備轎子賈母道旣這麽樣怎麽不進來又做神做鬼的賈璉陪笑道見老太太頑牌不敢驚動不過叫媳婦出來問問賈母道就忙到這一時等他家去你問他多少問不得那一遭兒你這麽小心來這又不知是來做耳報神的也不知是來做探子的鬼鬼祟祟倒唬我一跳什麽好下流種子你媳婦和我頑牌呢還有半日的空兒你家去再和那趙二家的商量治你媳婦去罷說着衆人都笑了鴛

鴦笑道鮑二家的老祖宗又拉上趙二家的去賈母也笑道可不我那裡記得什麽抱着背着的提起這些事來不由我不生氣我進了這門子做重孫媳婦起到如今我也有個重孫子媳婦了連頭帶尾五十四年憑着大驚大險千奇百怪的事也經了些從没經過這些事還不離了我這裡呢賈璉一聲兒不敢說忙退出來平兒在窻外站着悄悄的笑道我說你不聽倒底碰在網裡了正說着只見邢夫人也出來賈璉道都是老爺鬧的如今都擱在我和太太身上邢夫人道我把你這没孝心的種子人家還替老子死呢白說了幾句你就抱怨天抱怨地了你還不好好的呢這幾日生氣仔細他捶你賈璉道太太快過

去罷叫我來請了好半日了說著送他母親出來過那邊去邢夫人將方纔的話只略說了幾句賈赦無法又且含愧自此便告了病且不敢見賈母只打發邢夫人及賈璉每日過去請安只得又各處遣人購求尋覔終久費了五百兩銀子買了一個十七歲女孩子來名喚嫣紅收在屋裡不在話下這裡鬬了半日牌吃晚飯纔罷此一二日間無話轉眼到了十四黑早賴大的媳婦又進來請賈母高興便帶了王夫人薛姨媽及寶玉姐妹等至賴大花園中坐了半日那花園雖不及大觀園却也十分齊整寬闊泉石林木樓臺亭軒也有好幾處動人的外面大廳上薛蟠賈珍賈璉賈蓉並幾個近族的都來了那賴大家內

也請了幾個現任的官長並幾個大家子弟作陪因其中有個柳湘蓮薛蟠自上次會過一次已念念不忘又打聽他最喜串戲且都串的是生旦風月戲文不免錯會了意悞認他做了風月子弟正要與他相交恨沒有個引進這一天可巧遇見樂得無可不可且賈珍等也慕他的名酒蓋住了臉就求他串了兩齣戲下來移席和他一處坐着問長問短說東說西那柳湘蓮原係世家子弟讀書不成父母早喪素性爽俠不拘細事酷好耍鎗舞劍賭博吃酒以至眠花卧柳吹笛彈箏無所不為因他年紀又輕生得又美不知他身分的人都悞認作優伶一類那賴大之子賴尚榮與他素昔交好故今兒請來做陪不想酒後

別人猶可獨薛蟠又犯了舊病心中早已不快得便意欲走開完事無奈賴尚榮又說方纔寶二爺又囑咐我纔一進門雖見了只是人多不好說話叫我囑咐你散的時候別走他還有話說呢你既一定要去等我叫出他來你兩個見了再走與我無干說着便命小廝們到裡頭找一個老婆子悄悄告訴請出寶二爺來那小廝去了沒一盃茶時候果見寶玉出來了賴尚榮向寶玉笑道好叔叔把他交給你我張羅人去了說着已經去了寶玉便拉了柳湘蓮到廳側書房坐下問他這幾日可到秦鐘的墳上去了湘蓮道怎麽不去前兒我們幾個放鷹去離他墳上還有二里我想今年夏天雨水勤恐怕他墳上站不住我

背着衆人走到那裡去瞧了一瞧畧又動了一點子回家來就便弄了幾百錢第三日一早出去僱了兩個人收什好了寳玉說怪道呢上月我們大觀園的池子裡頭結了蓮蓬我摘了十個叫焙茗出去到墳上供他去回來我也問他可被雨冲壞了沒有他說不但沒冲更比上回新了些我想着必是這幾個朋友新收拾了我只恨我天天圈在家裡一點兒做不得主行動就有人知道不是這個攔就是那個勸的能說不能行雖然有錢又不由我使柳湘蓮道這個事也用不着你操心外頭有我你只心裡有了就是了眼前十月初一日我已經打點下上墳的花消你知道我一貧如洗家裡是沒的積聚的總有幾個錢

來隨手就光的不如趂空兒留下這一分省的到了跟前扎煞手寶玉道我也正爲這個要打發焙茗找你你又不大在家知道你天天萍踪浪跡沒個一定的去處柳湘蓮道你也不用找我這個事也不過各盡其道眼前我還要出門去走走外頭遊逛三年五載再回來寳玉聽了忙問這是爲何柳湘蓮冷笑道我的心事等到跟前你自然知道我如今要別過了寳玉道好容易會着晚上同散豈不好湘蓮道你那令姨表兄還是那樣再坐着未免有事不如我迴避了倒好寳玉想一想說道既是這麼樣倒是迴避他爲是只是你要果真遠行必須先告訴我一聲千萬別悄悄的去了說着便滴下淚來柳湘蓮說道自然

要辭你去你只別和別人說就是了說着就站起來要走又道你就進去罷不必送我一面說一面出了書房剛至大門前早遇見薛蟠在那裡亂叫誰放了小柳兒走了柳湘蓮聽了火星亂迸恨不得一拳打死復思酒後揮拳又礙着賴尚榮的臉面只得忍了又忍薛蟠忽見他走出來如得了珍寶忙趔趄着走上去一把拉住笑道我的兄弟你往那裡去了湘蓮道走走就來薛蟠笑道你一去都沒了興頭了好歹坐一坐就算疼我了憑你什麼要緊的事交給哥哥只別忙你有這個哥哥你要做官發財都容易湘蓮見他如此不堪心中又恨又惱早生一計拉他到避淨處笑道你真心和我好還是假心和我好呢薛蟠

聽見這話喜得心癢難撓乜斜着眼笑道好兄弟你怎麼問起我這樣話來我要是假心立刻死在眼前湘蓮道既如此這裡不便等坐一坐我先走你隨後出來跟到我下處咱們索性喝一夜酒我那裡還有兩個絕好的孩子從沒出門的你可連一個跟的人也不用帶到了那裡伏侍人都是現成的薛蟠聽如此說喜的酒醒了一半說果然如此湘蓮笑道如何人拿真心待你你倒不信了薛蟠忙笑道我又不是獃子怎麼有個不信的呢既如此我又不認得你先去了我在那裡找你湘蓮道我這下處在北門外頭你可捨得家城外住一夜去薛蟠道有了你我還要家做什麼湘蓮道既如此我在北門外頭橋上等你

偺們席上且吃酒去你看我走了之後你再走他們就不留神了薛蟠聽了連忙答應道是二人復又入席飲了一回那薛蟠難熬巳拿眼看湘蓮心內越想越樂左一壺右一壺並不用人讓自巳就吃了又吃不覺酒有八九分了湘蓮就起身出來瞅人不防出至門外命小厮杏奴先家去罷我到城外就來說畢巳跨馬直出北門橋上等候薛蟠一頓飯的工夫只見薛蟠騎著一匹馬遠遠的赶了來張着嘴瞪着眼頭似撥浪鼓一般不住左右亂瞧及至從湘蓮馬前過去只顧往遠處瞧不曾留心近處湘蓮又笑又恨他便也撒馬隨後跟來薛蟠往前看時漸漸人烟稀少便又圈馬回來再不想一回頭見了湘蓮如獲奇

珍忙笑道我說你是個再不失信的湘蓮笑道快往前走仔細人看見跟了來就不好了說着先就撒馬前去薛蟠也就緊跟來湘蓮見前面人烟巳稀且有一帶葦塘便下馬將馬拴在樹上向薛蟠笑道你下來偺們先設個誓日後要變了心告訴別人的就應誓薛蟠笑道這話有禮連忙下了馬也拴在樹上便跪下說道我要日久變心告訴人去的天誅地滅一言未了只聽鏜的一聲背後好似鐵錘砸下來只覺得一陣黑滿眼金星亂迸身不由巳就倒在地下了湘蓮走上來瞧瞧知道他是個不慣捱打的只使了三分氣力向他臉上拍了幾下登時便開了菓子鋪薛蟠先還要扎挣起身又被湘蓮用脚尖點了一點

仍舊跌倒口內說道原來是兩家情愿你不依只晉好說爲什
麽哄出我來打我一面說一面亂罵湘蓮道我把你這瞎了眼
的你認認柳大爺是誰你不說哀求你還傷我我打死你也無
益只給你個利害罷說着便取了馬鞭過來從背後至脛打了
三四十下薛蟠的酒早已醒了大半不覺得疼痛難禁由不的
噯喲一聲湘蓮冷笑道也只如此我只當你是不怕打的一面
說一面又把薛蟠的左腿拉起來向葦中濘泥處拉了幾步滚
的滿身泥水又問道你可認得我了薛蟠不應只伏着哼哼湘
蓮又擲下鞭子用拳頭向他身上擂了幾下薛蟠便亂滚亂叫
說肋條折了我知道你是正經人因爲我錯聽了傍人的話了

湘蓮道不用拉傍人你只說現在的薛蟠道現在也沒什麽說
的不過你是個正經人我錯了湘蓮道還要說軟些纔饒你薛
蟠哼哼的道好兄弟湘蓮便又一拳薛蟠噯了一聲道好哥哥
湘蓮又連兩拳薛蟠忙噯喲叫道好老爺饒了我這沒眼睛的
瞎子罷從今已後我敬你怕你了湘蓮道你把那水喝兩口薛
蟠一面聽了一面皺眉道這水實在腌臢怎麽喝的下去湘蓮
舉拳就打薛蟠忙道我喝我喝說着只得俯頭向葦根下喝了
一口猶未嚥下去只聽哇的一聲把方纔吃的東西都吐了出
來湘蓮道好腌臢東西你快吃完了饒你薛蟠聽了叩頭不迭
說好歹積陰功饒我罷這至死不能吃的湘蓮道這麽氣息倒

又罵一回湘蓮意欲告訴王夫人遣人尋拿湘蓮寶釵忙勸道這不是什麼大事不過他們一處吃酒酒後反臉常情誰醉了多挨幾下子打也是有的况且偺們家的無法無天的人也是人所共知的媽媽不過是心疼的原故要出氣也容易等三五天哥哥好了出得去的時候那邊珍大爺璉二爺這干人也未必白丟開手自然備個東道叫了那個人來當着衆人替哥哥賠不是認罪就是了如今媽媽先當件大事告訴衆人倒顯的媽媽偏心溺愛縱容他生事招人今兒偶然吃了一次虧媽媽就這樣興師動衆倚着親戚之勢欺壓常人薛姨媽聽了道我的兒到底是你想的到我一時氣糊塗了寶釵笑道這纔好呢

他又不怕媽媽又不聽人勸一天縱似一天吃過兩三個虧他也罷了薛蟠睡在炕上痛罵湘蓮又命小厮去拆他的房子打死他和他打官司薛姨媽喝住小厮們只說湘蓮一時酒後放肆如今酒醒後悔不及懼罪逃走了薛蟠聽見如此說了要知端底且看下回分解

紅樓夢第四十七回終

紅樓夢第四十八回

濫情人情誤思游藝　慕雅女雅集苦吟詩

話說薛蟠聽見如此說了氣方漸平三五日後疼痛雖愈傷痕未平只粧病在家愧見親友展眼已到十月因有各鋪面夥計內有算年賬要回家的少不得家裡治酒餞行內有一個張德輝自幼在薛蟠當鋪內攬總家內也有了二三千金的過活今歲也要回家明春方來因說起今年紙劄香料短少明年必是貴的明年先打發大小兒上來當鋪裡照管赶端陽前我順路就販些紙劄香扇來賣除去關稅花消稍亦可以剩得幾倍利息薛蟠聽了心下忖度如今我捱了打正難見人想着要躲避一年半載又沒處去躲天天粧病也不是常法况且我長了這麼大文不文武不武雖說做買賣究竟戥子算盤從沒拿過地土風俗遠近道路又不知道不如也打點幾個本錢和張德輝逛一年來賺錢也罷不賺錢也罷且躲躲羞去二則逛逛山水也是好的心內主意已定至酒席散後便和氣平心與張德輝說知命他等一二日一同前往晚間薛蟠告訴他母親薛姨媽聽了雖是喜歡但又恐他在外生事花了本錢倒是末事因此不叫他去只說你好歹跟着我我還放心些况且也不用這個買賣等不着這幾百銀子使薛蟠主意已定那裡肯依只說天天又說我不知世務這個也不知那個也不學如今我發狠

把那些没要緊的都斷了如今要成人立事學習買賣又不准我了叫我怎麽樣呢我又不是個丫頭把我關在家裡何日是個了手況且那張德輝又是個有年紀的咱們和他是世家我問他怎麽得有錯我就有一時半刻不好的去處他自然說我勸我就是東西貴賤行情他是知道的自然色色問他何等順利倒不叫我去過兩日我不告訴家裡私自打點了走明年發了財回來纔知道我呢說畢賭氣睡覺去了薛姨媽聽他如此說因和寶釵商議寶釵笑道哥哥果然要經歷正事倒也罷了只是他在家裡說着好聽到了外頭舊病復發難拘束他了但也愁不得許多他若是真改了是他一生的福若不改媽媽也

不能又有別的法子一半盡人力一半聽天罷了這麽大人了若只管怕他不知世路出不得門幹不得事今年關在家裡明年還是這個樣兒他既說的名正言順媽媽就打諒着丟了一千八百銀子竟交與他試一試横竪有夥計幫著他也未必好思意哄騙他的二則他出去了左右没了助興的人又没有倚仗的人到了外頭誰還怕誰有了的吃没了的餓著舉眼無靠他見了這樣只怕比在家裡省了事也未可知薛姨媽聽了思忖半晌道倒是你說的是花兩個錢叫他學些乖来也值商議已定一宿無話至次日薛姨媽命人請了張德輝来在書房中命薛蟠款待酒飯自己在後廊下隔著窗子千言萬語囑托張

德輝照管張德輝滿口應承吃過飯告辭又回說十四日是上好出行日期大世兄即刻打點行李僱下騾子十四日一早就長行了薛蟠喜之不盡將此話告訴了薛姨媽薛姨媽和寶釵香菱並兩個年老的嬤嬤連日打點行裝派下薛蟠之奶公老蒼頭一名當年諳事舊僕二名外有薛蟠隨身常使小厮二名主僕一共六人僱了三輛大車單拉行李使物又僱了四個長行騾子薛蟠自騎一匹家內養的鐵青大走騾外備一匹坐馬諸事完畢薛姨媽寶釵等連夜勸戒之言自不必備說至十三日薛蟠先去辭了他母舅然後過來辭了賈宅諸人賈珍等未免又有餞行之說也不必細述至十四日一早薛姨媽寶

釵等直同薛蟠出了儀門母女兩個四隻眼看他去了方回來薛姨媽上京帶來的家人不過四五房並兩三個老嬤嬤小丫頭今跟了薛蟠一去外面只剩了一兩個男子因此薛姨媽即日到書房將一應陳設玩器並簾帳等物盡行搬進來收貯命兩個跟去的男子之妻一并也進來睡覺又命香菱將他屋裡也收拾嚴緊將門鎖了晚上和我去睡寶釵道媽媽既有這些人作伴不如叫菱姐姐和我作伴去我們園裡又空夜長了我每夜做活越多一個人豈不越好薛姨媽笑道正是我忘了原該叫他和你去纔是我前日還和你哥哥說文杏又小到三不着兩的鶯兒一個人不彀伏侍的還要買一個丫頭來你使寶

釵道買的不知底裡倘或走了眼花了錢事小沒的淘氣倒是慢慢打聽着有知道來歷的眞個還罷了一面說一面命香菱收拾了衾褥妝奩命一個老嬷嬷並臻兒送至蘅蕪苑去然後寶釵和香菱纔同回園中來香菱向寶釵道我原要和太太說的等大爺去了我和姑娘做伴去我又恐怕太太多心說我貪着園裡來頑誰知你竟說了寶釵笑道我知道你心裡羨慕這園子不是一日兩日的了只是沒有個空兒每日來一趟慌慌張張的也沒趣兒所以趂着機會越發住上一年我也多個做伴的你也遂了你的心香菱笑道好姑娘趂著這個功夫你教給我做詩罷寶釵笑道我說你得隴望蜀呢我勸你且緩一緩

今兒頭一日進來先出園東角門從老太太起各處各人你都瞧瞧問候一聲兒也不必特意告訴他們搬進園來若有提起因由兒的你只帶口說我帶了你進來做伴兒就完了回來進了園再到各姑娘房裡走走香菱應着纔要走時只見平兒忙忙的走來香菱忙問了好平兒只得陪笑相問寶釵因向平兒笑道我今兒把他帶了來做伴兒正要回你奶奶一聲兒平兒笑道姑娘說的是那裡的話我竟沒話答言了寶釵道這纔是正理店房有個主人廟裡有個住持雖不是大事到底告訴一聲就是園裡坐更上夜的人知道添了他兩個也好關門候戶的了你回去就告訴一聲罷我不打發人說去了平兒答應着

因又向香菱道你既來了也不拜拜街房去嗎寶釵笑道我正叫他去呢平兒道你且不必往我們家去二爺病了在家裡呢香菱答應著去了先從賈母處來不在話下且說平兒見香菱去了就拉寶釵悄悄說道姑娘可聽見我們的新文沒有寶釵道我沒聽見新文因連日打發我哥哥出門所以你們這裡的事一槩不知道連姐妹們這兩天沒見平兒笑道老爺把二爺打的動不得難道姑娘就沒聽見嗎寶釵道早起恍惚聽見了一句也信不真我也正要瞧你奶奶去呢不想你來又是為了什麼打他平兒咬牙罵道都是那什麼賈雨村半路途中那裡來的餓不死的野雜種認了不到十年生了多少事出來今年

春天老爺不知在那個地方看見幾把舊扇子回家來看家裡所有收着的這些好扇子都不中用了立刻叫人各處搜求誰知就有個不知死的寃家混號兒叫做石頭獃子窮的連飯也沒的吃偏偏他家就有二十把舊扇子死也不肯拿出大門來二爺好容易煩了多少情見了這個人說之再三他把二爺請了到他家裡坐著拿出這扇子來略瞧了一瞧據二爺說原是不能再得的全是湘妃棕竹麋鹿玉竹的皆是古人寫畫真跡回來告訴了老爺便叫買他的要多少銀子給他多少偏那石獃子說我餓死凍死一千兩銀子一把我也不賣老爺沒法了天天罵二爺沒能為已經許他五百銀子先兌銀子後拿扇子

他只是不賣只說要扇子先要我的命姑娘想想這有什麽法子誰知那雨村没天理的聽見了便設了法子訛他拖欠官銀拿他到了衙門裡去說所欠官銀變賣家産賠補把這扇子抄了來做了官價送了來那石獃子如今不知是死是活老爺問着二爺說人家怎麽弄了來了二爺只說了一句爲這點子小事弄的人家傾家敗産也不算什麽能爲老爺聽了就生了氣說二爺拿話堵老爺呢這是第一件大的過了幾日還有幾件小的我也記不清所以都湊在一處就打起來了也没拉倒用板子棍子就站着不知他會什麽東西打了一頓臉上打破了兩處我們聽見姨太太這裡有一種藥上棒瘡的姑娘尋一丸給我呢寶釵聽了忙命鶯兒去找了兩丸來與平兒寶釵道既這樣你去替我問候罷我就不去了平兒向寶釵答應着去了不在話下且說香菱見了衆人之後吃過晚飯寶釵等都往賈母處去了自己便往瀟湘館中來此時黛玉已好了大半了見香菱也進園來住自是喜歡香菱因笑道我這一進來了也得空兒好歹教給我做詩就是我的造化了黛玉笑道既要學做詩你就拜我爲師我雖不通大略也還教的起你香菱笑道果然這樣我就拜你爲師你可不許膩煩的黛玉道什麽難事也得值去學不過是起承轉合當中承轉是兩付對子平聲的對仄聲虛的對實的實的對虛的若是果有了奇句連平仄虛實

不對都使得的香菱笑道怪道我常弄本舊詩偷空兒看一兩首又有對的極工的又有不對的又聽見說一三五不論二四六分明看古人的詩上亦有順的亦有二四六的上錯了所以天天疑惑如今聽你一說原來這些規矩竟是沒事的只要詞句新奇為上黛玉道正是這個道理詞句究竟還是末事第一是立意要緊若意趣真了連詞句不用修飾自是好的這叫做不以詞害意香菱道我只愛陸放翁的重簾不捲留香久古硯微凹聚墨多說的真切有趣黛玉道斷不可看這樣的詩你們因不知詩所以見了這淺近的就愛一入了這個格局再學不出來的你只聽我說你若真心要學我這裡有王摩詰全集你

且把他的五言律一百首細心揣摩透熟了然後再讀一百二十首老杜的七言律次之再李青蓮的七言絕句讀一二百首肚子裡先有了這三個人做了底子然後再把陶淵明應劉謝阮庾鮑等人的一看你又是這樣一個極聰明伶俐的人不用一年工夫不愁不是詩翁了香菱聽了笑道既這樣好姑娘你就把這書給我拿出來我帶回去夜裡念幾首也是好的黛玉聽說便命紫鵑將王右丞的五言律拿來遞與香菱道你只看有紅圈的都是我選的有一首念一首不明白的問你姑娘或者遇見我講與你就是了香菱拿了詩回至蘅蕪苑中諸事不管只向燈下一首一首的讀起來寶釵連催他數次睡覺他

也不睡寶釵見他這般苦心只得隨他去了一日黛玉方梳洗完了只見香菱笑吟吟的送了書來又要換杜律黛玉笑道共記得多少首香菱笑道凡紅圈選的我盡讀了黛玉道可領畧了些沒有香菱笑道我倒領畧了些只不知是不是說給你聽聽黛玉笑道正要講究討論方能長進你且說來我聽聽香菱笑道據我看來詩的好處有口裡說不出來的意思想去却是必真的又似乎無理的想去竟是有理有情的黛玉笑道這話有了些意思但不知你從何處見得香菱笑道我看他塞上一首內一聯云大漠孤烟直長河落日圓想來烟如何直日自然是圓的這直字似無理圓字似太俗合上書一想倒像是見了這景的要說再找兩個字換這兩個竟再找不出兩個字來再還有日落江湖白潮來天地青這白青兩個字也似無理想來必得這兩個字纔形容的盡念在嘴裡到像有幾千觔重的一個橄欖是的還有渡頭餘落日墟裡上孤烟這餘字合上字難爲他怎麼想來我們那年上京來那日下晚便挽住船岸上又沒有人只有幾棵樹遠遠的幾家人家作晚飯那個烟竟是青碧連雲誰知我昨兒晚上看了這兩句倒像我又到了那個地方去了正說着寶玉和探春來了都入坐聽他講詩寶玉笑道既是這樣也不用看詩會心處不在遠聽你說了這兩句可知三昧你已得了黛玉笑道你說他這上孤烟好你還不知他這

一句還是套了前人的來我給你這一句瞧瞧更比這個淡而現成說着便把陶淵明的曖曖遠人村依依墟裡烟翻了出來遞給香菱香菱瞧了點頭嘆賞笑道原來上字是從依依兩個字上化出來的寶玉大笑道你已得了不用再講再講倒學離了你就做起來了必是好的探春笑道明兒我補一個柬來請你入社香菱道姑娘何苦打趣我我不過是心裡羨慕纔學這個頑罷了探春黛玉都笑道誰不是頑難道我們是認真做詩呢要說我們真成了詩出了這園子把人的牙還笑掉了呢寶玉道這也算自暴自棄了前兒我在外頭和相公們商畫兒他們聽見偺們起詩社我求把稿子給他們瞧瞧我就寫了幾首給他們看看誰不是真心嘆服他們抄了刻去了探春黛玉

忙問道這是真話麼寶玉笑道說謊的是那架上鸚哥黛玉探春聽說都道你真真胡鬧且別說那不成詩便成詩我們的筆墨也不該傳到外頭去寶玉道這怕什麼古來閨閣中筆墨不要傳出去如今也沒人知道呢說著只見惜春打發了入畫來請寶玉寶玉方聽了香菱又逼着換出杜律又央黛玉探春二人出個題目讓我謅去謅了來替我改正黛玉道昨夜的月最好我正要謅一首未謅成你就做一首來十四寒的韻由你愛用那幾個字去香菱聽了喜的拿着詩回來又苦思一回做兩句詩又捨不得杜詩又讀兩首如此茶飯無心坐臥不定寶釵

道何苦自尋煩惱都是顰兒引的你我和他算賬去你本來獃頭獃腦的再添上這個越發弄成個獃子了香菱笑道好姑娘別混我一面說一面做了一首先給寶釵看了笑道這個不好不是這個做法你別害臊只管拿了給他瞧去看是他怎麽說菱香聽了便拿了詩找黛玉黛玉看時只見寫道是

月桂中天夜色寒　清光皎皎影團團

詩人助興常思玩　野客添愁不忍觀

翡翠樓邊懸玉鏡　珍珠簾外掛冰盤

良宵何用燒銀燭　晴彩煇煌映畫欄

黛玉笑道意思却有只是措詞不雅皆因你看的詩少被他縛

住了把這首詩丟開再做一首只管放開膽子去做香菱聽了默默的回來越發連房也不進去只在池邊樹下或坐在山石上出神或蹲在地下摳地來往的人都詫異李紈寶釵探春寶玉等聽得此言都遠遠的站在山坡上瞧着他笑只見他皺一回眉又自己含笑一回寶釵笑道這個人定是瘋了昨夜嘟嘟噥噥直鬧到五更纔睡下沒一頓飯的工夫天就亮了我就聽見他起來了忙忙碌碌梳了頭就找顰兒去一回來了獃了一天做了一首又不好自然這會子另做呢寶玉笑道這正是地靈人傑老天生人再不虛賦情性的我們成日嘆說可惜他這麽個人竟俗了誰知到底有今日可見天地至公寶釵聽了笑

道你能勾像他這苦心就好了學什麼有個不成的嗎寶玉不答只見香菱興興頭頭的又往黛玉那邊來了探春笑道偺們跟了去看他有些意思沒有說着一齊都往瀟湘館來只見黛玉正拿著詩和他講究呢衆人因問黛玉做的如何黛玉道自然算難爲他了只是還不好這一首過於穿鑿了還得另做衆人因要詩看時只見做道是

非銀非水映牕寒　試看晴空護玉盤
淡淡梅花香欲染　絲絲柳帶露初乾
只疑殘粉塗金砌　恍若輕霜抹玉欄
夢醒西樓人跡絶　餘容猶可隔簾看

寶釵笑道不像吟月了月字底下添一個色字倒還使得你看句句倒像是月色也罷了原是詩從胡說來再遲幾天就好了香菱自爲這首詩妙絶聽如此說自己又掃了興不肯丟開手便要思索起來因見他姐妹們說笑便自己走至堦下竹前挖心搜胆的耳不傍聽目不別視一時探春隔牕笑說道菱姑娘你閒閒罷香菱怔怔答道閒字是十五删的錯了韻了衆人聽了不覺大笑起來寶釵道可真詩魔了都是顰兒引的他黛玉笑道聖人說誨人不倦他又來問我我豈有不說的理李紈笑道偺們拉了他往四姑娘屋裡去引他瞧瞧畫兒叫他醒一醒纔好說着真個出來拉他過藕香榭至暖香塢中惜春正乏倦

在床上歪著睡午覺畫縉立在壁間用紗罩着衆人喚醒了惜春揭紗看時十停方有了三停見畫上有幾個美人因指香菱道凡會做詩的都畫在上頭你快學罷說着頑笑了一回各自散去香菱滿心中正是想詩至晚間對燈出了一回神至三更已後上床躺下兩眼睁睁直到五更方纔矇矓睡着了一時天亮寶釵醒了聽了一聽他安穩睡了心下想他翻騰了一夜不知可做成了這會子丢了且別叫他正想著只見香菱從夢中笑道可是有了難道這一首還不好嗎寶釵聽了又是可嘆又是可笑連忙叫醒了他問他得了什麼他這誠心都通了仙了學不成詩弄出病來呢一面說一面梳洗了和姐妹往賈母處

來原來香菱苦志學詩精血誠聚日間不能做出忽于夢中得了八句梳洗已畢便忙寫出來到沁芳亭只見李紈和衆姐妹方從王夫人處回來寶釵正告訴他們說他夢中做詩說夢話衆人正笑擡頭見他來了就都爭着要詩看要知端底且看下回分解

紅樓夢第四十八回終

紅樓夢第四十九回

瑠璃世界白雪紅梅　脂粉香娃割腥啖膻

話說香菱見衆人正說笑他便迎上去笑道你們看這首詩要使得我就還學要還不好我就死了這做詩的心了說着把詩遞與黛玉及衆人看時只見寫道是

精華欲掩料應難　影自娟娟魄自寒
一片砧敲千里白　半輪雞唱五更殘
綠簑江上秋聞笛　紅袖樓頭夜倚欄
博得嫦娥應自問　何緣不使永團圓

衆人看了笑道這首不但好而且新巧有意趣可知俗語說天

下無難事只怕有心人社裡一定請你了香菱聽了心下不信料着是他們哄自己的話還只管問黛玉寶釵等正說之間只見幾個小丫頭并老婆子忙忙的走來都笑道來了好些姑娘奶奶們我們都不認得奶奶姑娘們快認親去李紈笑道這是那裡的話你到底說明白了是誰的親戚那婆子丫頭都笑道奶奶的兩位妹子都來了還有一位姑娘說是薛大姑娘的妹子還有一位爺說是薛大爺的兄弟我這會子請姨太太去呢奶奶和姑娘們先上去罷說着一逕去了寶釵笑道我們薛蝌和他妹子來了不成李紈笑道或者我嬸娘又上京來了怎麼他們都湊在一處這可是奇事大家來至王夫人上房只見黑

歷歷的一地又有邢夫人的嫂子帶了女兒岫烟進京來投邢夫人的可巧鳳姐之兄王仁也正進京兩親家一處搭帮來了走至半路泊船時遇見李紈寡嬸帶著兩個女兒長名李紋次名李綺也上京大家敘起來又是親戚因此三家一路同行後有薛蟠之從弟薛蝌因當年父親在京時已將胞妹薛寶琴許配都中梅翰林之子為妻正欲進京聘嫁聞得王仁進京他也隨後帶了妹子趕來所以今日會齊了來訪投各人親戚於是大家見禮敘過賈母王夫人都歡喜非常賈母因笑道怪道昨日晚上燈花爆了又爆結了又結原來應到今日一面敘些家常收了帶來的禮物一面命留酒飯鳳姐兒自不必說忙上加

忙李紈寶釵自然和嬸母姊妹敘離別之情黛玉見了先是歡喜後想起衆人皆有親眷獨自己孤單無倚不免又去垂淚寶玉深知其情十分勸慰了一番方罷然後寶玉忙忙來至怡紅院中向襲人麝月晴雯笑道你們還不快着看去誰知寶姐姐的親哥哥是那個樣子他這叔伯兄弟形容舉止另是個樣子倒像是寶姐姐的同胞兄弟是的更奇在你們成日家只說寶姐姐是絕色的人物你們如今瞧見他這妹子還有大嫂子的兩個妹子我竟形容不出來了老天老天你有多少精華靈秀生出這些人上之人來可知我井底之蛙成日家只說現在的這幾個人是有一無二的誰知不必遠尋就是本地風光一個

賽似一個如今我又長了一層學問了除了這幾個難道還有
幾個不成一面說一面自笑襲人見他又有些魔意便不肯去
瞧晴雯等早去瞧了一遍回來帶笑向襲人說道你快瞧瞧去
大太太一個姪女兒寶姑娘一個妹妹大奶奶兩個妹妹倒像
一把子四根水葱兒一語未了只見探春也笑著進來找寶玉
因說咱們詩社可興旺了寶玉笑道正是呢這是一高興起詩
社鬼使神差來了這些人但只一件不知他們可學過做詩不
曾探春道我纔都問了問雖是他們自謙看其光景沒有不會
的便是不會也沒難處你看香菱就知道了晴雯笑道他們裡
頭薛大姑娘的妹妹更好三姑娘看着怎麽樣探春道果然的

據我看來連他姐姐並這些人總不及他襲人聽了又是咤異
又笑道這也奇了還從那裡再尋好的去呢我倒要瞧瞧去探
春道老太太一見了喜歡的無可不可的已經逼着偺們太太
認了乾女孩兒了老太太要養活纔剛已經定了寶玉喜的忙
問這話果然麽探春道我幾時撒過謊又笑道老太太有了這
個好孫女兒就忘了你這孫子了寶玉笑道這倒不妨原該多
疼女孩兒些是正理明兒十六偺們可該起社了探春道林丫
頭剛起來了二姐姐又病了終是七上八下的寶玉道二姐姐
又不大做詩沒有他又何妨探春道索性等幾天等他們新來
的混熟了偺們邀上他們豈不好這會子大嫂子寶姐姐心裡

自然沒有詩興的況且湘雲沒來顰兒纔好了人都不合式不如等著雲丫頭來了這幾個新的也熟了顰兒也大好了大嫂子和寶姐姐心也閑了香菱詩也長進了如此邀一滿社豈不好偺們兩個如今且往老太太那裏去聽聽除寶姐姐的妹妹不算外他一定是在偺們家住定了的倘或那三個要不在偺們這裏住偺們央告著老太太留下他們也在園子裏住了偺們豈不多添幾個人越發有趣了寶玉聽了喜的眉開眼笑忙說道倒是你明白我終久是個糊塗心腸空喜歡了一會子却想不到這上頭說著兄妹兩個一齊往賈母處來果然王夫人已認了薛寶琴做乾女兒賈母喜歡非常不命往園中住晚上

跟着賈母一處安寢薛蝌自向薛蟠書房中住下了賈母和邢夫人說你姪女兒也不必家去了園裏住幾天逛逛再去邢夫人兄嫂家中原艱難這一上京原仗的是邢夫人與他們治房舍幫盤纏聽如此說豈不願意邢夫人便將邢岫煙交與鳳姐兒鳳姐兒筭著園中姊妹多性情不一且又不便另設一處莫若送到迎春一處去倘日後邢岫煙有些不遂意的事縱然邢夫人知道了與自已無干從此後若邢岫烟家去住的日期不筭若在大觀園住到一個月上鳳姐兒亦照迎春分例送一分與岫烟鳳姐兒冷眼敁敠岫烟心性行爲竟不像邢夫人及他的父母一樣却是個極溫厚可疼的人因此鳳姐兒反憐他家

貧命苦比別的姊妹多疼他些邢夫人倒不大理論了賈母王夫人等因素喜李紈賢惠且年輕守節令人敬服今見他寡嬸來了便不肯叫他外頭去住那嬸母雖十分不肯無奈賈母執意不從只得帶著李紈李綺在稻香村住下了當下安揷旣定誰知忠靖侯史鼎又遷委了外省大員不日要帶家眷去上任賈母因捨不得湘雲便留下他了接到家中原要命鳳姐兒另設一處與他住史湘雲執意不肯只要和寶釵一處住因此也就罷了此時大觀園中比先又熱鬧了多少李紈爲首餘者迎春探春惜春寶釵黛玉湘雲李紋李綺寶琴邢岫烟再添上鳳姐兒和寶玉一共十三人叙起年庚除李紈年紀最長鳳姐次之餘者皆不過十五六七歲大半同年異月連他們自已也不能記清誰長誰幼並賈母王夫人及家中婆子丫頭也不能細細分清不過是姐妹兄弟四個字隨便亂叫如今香菱正滿心滿意只想做詩又不敢十分囉唣寶釵可巧來了個史湘雲那史湘雲極愛說話的那裡禁得香菱又請教他談詩越發高了興沒晝沒夜高談濶論起來寶釵因笑道我實在聒噪的受不得了一個女孩兒家只管拿着詩做正經事講起來叫有學問的人聽了反笑話說不守本分一個香菱沒鬧清又添上你這個話口袋子滿口裡說的是什麼怎麼是杜工部之沉鬱韋蘇州之淡雅又怎麼是溫八叉之綺靡李義山之隱僻痴痴癲癲

那裡還像兩個女兒家呢說得香菱湘雲二人都笑起來正說着只見寶琴來了披着一領斗篷金翠輝煌不知何物寶釵忙問這是那裡的寶琴笑道因下雪珠兒老太太找了這一件給我的香菱上來瞧道怪道這麼好看原來是孔雀毛織的湘雲笑道那裡是孔雀毛就是野鴨子頭上的毛做的可見老太太疼你了這麼疼寶玉也沒給他穿寶釵笑道真是俗語說的各人有各人的緣法我也想不到他這會子來既來了又有老太太這麼疼他湘雲道你除了在老太太跟前就在園裡來這兩處只管頑笑吃喝到了太太屋裡若太太在屋裡只管和太太說笑多坐一回無妨若太太不在屋裡你別進去那屋裡人

多心壞都是要偺們的說的寶釵寶琴香菱鶯兒等都笑了寶釵笑道說你沒心却有心雖然有心到底嘴太直了我們這琴兒今兒你竟認他做親妹妹罷湘雲又瞅了寶琴笑道這一件衣裳也只配他穿別人穿了實在不配正說着只見琥珀走來笑道老太太說了叫寶姑娘別管緊了琴姑娘他還小呢讓他愛怎麼着就由他怎麼着他要什麼東西只管要別多心寶釵忙起身答應了又推寶琴笑道你也不知是那裡來的這點福氣你倒去罷恐怕我們委屈了你我就不信我那些兒不如你說話之間寶玉黛玉進來了寶釵猶自嘲笑湘雲因笑道寶姐姐你這話雖是頑話有人真心是這樣想呢琥珀笑道真心惱

的再沒別人就只是他口裡說手指着寶玉寶釵湘雲都笑道他倒不是這樣人琥珀又笑道不是他就是他說着又指黛玉湘雲便不作聲寶釵笑道更不是了我的妹妹和他的妹妹一樣他喜歡的比我還甚呢他那裡還惱你信雲兒混說他那嘴有什麼正經寶玉素昔深知黛玉有些小性兒尚不知近日黛玉和寶釵之事正恐賈母疼寶琴他心中不自在今見湘雲如此說了寶釵又如此答再審度黛玉聲色亦不似往日果然與寶釵之說相符心中甚是不解因想他兩個素日不是這樣的如今看來竟更比他人好了十倍一時又見林黛玉赶着寶琴叫妹妹並不提名道姓直似親姊妹一般那寶琴年輕心熱且

本州聰敏自幼讀書識字今在賈府住了兩日大槩人物已知又見衆姊妹都不是那輕薄脂粉且又和姐姐皆和氣故也不肯怠慢其中又見林黛玉是個出類拔萃的便更與黛玉親敬異常寶玉看着只是暗暗的納罕一時寶釵姊妹往薛姨媽房內去後湘雲往賈母處來林黛玉回房歇著寶玉便找了黛玉來笑道我雖看了西廂記也曾有明白的幾句說了取笑你還曾惱過如今想來竟有一句不解我念出來你講講我聽黛玉聽了便知有文章因笑道你念出来我聽聽寶玉笑道那鬧簡上有一句說的最好是幾時孟光接了梁鴻案這五個字不過是現成的典難爲他是幾時三個虛字問的有趣是幾時接了

你說說我聽聽黛玉聽了禁不住也笑起來因笑道這原問的好他也問的好你也問的好寶玉道先時你只疑我如今你也没的說了黛玉笑道誰知他竟真是個好人我素日只當他藏奸因把說錯了酒令寶釵怎樣說他連送燕窩病中所談之事細細的告訴寶玉寶玉方知原故因笑道我說呢正納悶是幾時孟光接了梁鴻案原來是從小孩兒家口沒遮攔上就接了案了黛玉因又說起寶琴來想起自己沒有姊妹不免又哭了寶玉忙勸道這又自尋煩惱了你瞧瞧今年比舊年越發瘦了你還不保養每天好好的你必是自尋煩惱哭一會子纔算完了這一天的事黛玉拭淚道近來我只覺心酸眼淚却像比舊

年少了些的心裡只管酸痛眼淚却不多寶玉道這是你哭慣了心裡疑惑豈有眼淚會少的正說着只見他屋裡的小丫頭子送了猩猩毡斗篷來又說大奶奶纔打發人來說下了雪要商議明日請人做詩呢一語未了只見李紈的丫頭走來請黛玉寶玉便邀著黛玉同往稻香村來黛玉換上掐金挖雲紅香羊皮小靴罩了一件大紅羽縐面白狐狸皮的鶴氅繫一條青金閃綠雙環四合如意縧上罩了雪帽二人一齊踏雪行來只見眾姊妹都在那裡都是一色大紅猩猩毡與羽毛緞斗篷獨李紈穿一件多羅泥對襟褂子薛寶釵穿一件蓮青斗紋錦上添花洋線番羓絲的鶴氅邢岫煙仍是家常舊衣並沒避雨之

衣一時湘雲來了穿着賈母給他的一件貂鼠腦袋面子大毛黑灰鼠裡子裡外發燒大褂子頭上帶著一頂挖雲鵝黃片金裡子大紅猩猩毡昭君套又圍着大貂鼠風領黛玉先笑道你們瞧瞧孫行者來了他一般的拿着雪褂子故意粧出個小騷達子樣兒來湘雲笑道你們瞧我裡頭打扮的一面說一面脫了褂子只見他裡頭穿著一件半新的靠色三廂領袖秋香色盤金五色綉龍窄褙小袖掩衿銀鼠短襖裡面短短的一件水紅粧緞狐肷褶子腰裡緊緊束着一條蝴蝶結子長穗五色宮縧脚下也穿着鹿皮小靴越顯得蜂腰猿背鶴勢螂形衆人笑道偏他只愛打扮成個小子的樣兒原比他打扮女兒更俏麗了些湘雲笑道快商議做詩我聽聽是誰的東家李紈道我的主意想來昨兒的正日已過了再等正日還早呢可巧又下雪不如偺們大家湊個熱鬧又給他們接風又可以做詩你們意思怎麽這寶玉先道這話很是只是今兒晚了若到明兒晴了又無趣衆人都道這雪未必晴縱晴了這一夜下的也彀賞了李紈道我這裡雖然好又不如蘆雪庭好我已經打發人籠地炕去了偺們大家擁爐做詩老太太想來未必高興況且偺們小頑意兒單給鳳丫頭個信兒就是了你們每人一兩銀子就彀了送到我這裡來指着香菱寶琴李紋李綺岫烟五個不算外偺們裡頭二丫頭病了不算四丫頭告了假也不算你們

四分子送了來我包管五六兩銀子也儘彀了寶釵等一齊應諾因又擬題限韻李紈笑道我心裡早已定了等到了明日臨期橫竪知道說畢大家又說了一回閒話方往賈母處來當日無話到了次日清早寶玉因心裡惦記着這一夜沒好生得睡天亮了就爬起來掀起帳子一看雖然門窗尚掩只見窻上光輝奪目心內早躊躇起來埋怨定是晴了日光已出一面忙起來揭起窻屜從玻璃窻內往外一看原來不是日光竟是一夜的雪下的將有一尺厚天上仍是搓綿扯絮一般寶玉此時喜歡非常忙喚起人來盥漱已畢只穿一件茄色哆囉泥狐狸皮襖罩一件海龍小鷹膀褂子束了腰披上玉針簑帶了金籐笠

登上沙棠屐忙忙的往蘆雪庭來出了院門四顧一望並無二色遠遠的是青松翠竹自己却似裝在玻璃盆內一般於是走至山坡之下順着山脚剛轉過去已聞得一股寒香拂鼻回頭一看却是妙玉那邊櫳翠菴中有十數枝紅梅如胭脂一般映著雪色分外顯得精神好不有趣寶玉便立住細細的賞玩了一回方走只見蜂腰板橋上一個人打着傘走來是李紈打發了請鳳姐兒去的人寶玉來至蘆雪庭只見丫頭婆子正在那裡掃雪開徑原來這蘆雪庭蓋在一個山傍臨水河灘之上一帶幾間茅簷土壁橫籬竹牖推窻便可垂釣四面皆是蘆葦掩覆一條去徑逶迤穿蘆度葦過去便是藕香榭的竹橋了眾丫

頭婆子見他披簑帶笠而來都笑道我們纔說正少一個漁翁如今果然全了姑娘們吃了飯纔來呢你也太性急了寶玉聽了只得回來剛至沁芳亭見探春正從秋爽齋出來圍著大紅猩猩毡的斗篷帶着觀音兜扶著個小丫頭後面一個婦人打着一把青紬油傘寶玉知道他往賈母處去遂跕在亭邊等他來到二人一同出園前去寶琴正在裡間房內梳洗更衣一時眾姊妹來齊寶玉只嚷餓了連連催飯好容易等擺上飯來頭一樣菜是牛肉蒸羊羔賈母就說這是我們有年紀人的藥沒見天日的東西可惜你們小孩子吃不得今兒另外有新鮮鹿肉你們等著吃罷眾人答應了寶玉却等不得只拿茶泡了一

碗飯就着野鷄瓜子忙忙的咫拉完了賈母道我知道你們今兒又有事情連飯也不顧吃了就叫留着鹿肉給他晚上吃罷鳳姐兒忙說還有呢吃殘了的倒罷了湘雲就和寶玉計較道有新鹿肉不如偺們要一塊自已拿了園裡弄着又吃又頑寶玉聽了真和鳳姐要了一塊命婆子送進園去一時大家散後進園齊往蘆雪庭來聽李紈出題限韻獨不見湘雲寶玉二人黛玉道他兩個人再到不得一處要到了一處生出多少事來這會子一定算計那塊鹿肉去了正說着只見李嬸娘也走來看熱鬧因問李紈道怎麽那一個帶玉的哥兒和那一個掛金麒麟的姐兒那樣干凈清秀又不少吃的他兩個在那裡商議

着要吃生肉呢說的有來有去的我只不信肉也生吃得的衆人聽了都笑道了不得快拿了他兩個來黛玉笑道這可是雲丫頭鬧的我的卦再不錯李紈卽忙出來找着他兩個說道你們兩個要吃生的我送你們到老太太那裡吃去那怕一隻生鹿撑病了不與我相干這麽大雪怪冷的快替我做詩去罷寶玉忙笑道沒有的事我們燒着吃呢李紈道這還罷了只見老婆子們拿了鐵爐鐵叉鐵絲蒙來李紈道留神割了手不許哭說着方進去了那邊鳳姐打發平兒叫覆不來爲發放年例正忙着呢湘雲見了平兒那裡肯放平兒也是個好頑的素日跟着鳳姐兒無所不至見如此有趣樂得頑笑因而退去手上的

鐲子三個人圍着火平兒便要先燒三塊吃那邊寶釵黛玉平素看慣了不以爲異寶琴等及李嬸娘深爲罕事探春和李紈等已定了題韻探春笑道你們聞聞香氣這裡都聞見了我也吃去說着也找了他們來李紈也隨來說客已齊了你們還吃不彀嗎湘雲一面吃一面說道我吃這個方愛吃酒吃了酒纔有詩若不是這鹿肉今兒斷不能做詩說着只見寶琴披着鳧靨裘站在那裡笑湘雲笑道傻子你來嚐嚐寶琴笑道怪腌臢的寶釵笑道你嚐嚐去好吃的狠呢你林姐姐弱吃了不消化不然他也愛吃寶琴聽了就過去吃了一塊果然好吃就也吃起來一時鳳姐兒打發小丫頭來叫平兒平兒說史姑娘拉

着我呢你先去罷小丫頭去了一時只見鳳姐兒也披了斗篷走來道笑吃這樣好東西也不告訴我說着也湊在一處吃起來黛玉笑道那裡找這一羣花子去罷了罷了今日蘆雪庭遭刼生生被雲丫頭作賤了我爲蘆雪庭一大哭湘雲冷笑道你知道什麼是真名士自風流你們都是假清高最可厭的我們這會子腥的羶的大吃大嚼回來却是錦心綉口寶釵笑道你回來若做的不好了把那肉掏出來就把這雪壓的芦葦子揌上些以完此刼說着吃畢洗了一回手平兒帶鐲子時却少了一個左右前後亂找了一番踪跡全無衆人都詫異鳳姐兒笑道我知道這鐲子的去向你們只管做詩去我們也不用找只

管前頭去不出三日包管就有了說著又問你們今兒做什麼詩老太太說了離年又近了正月裡還該做些燈謎兒大家頑笑衆人聽了都笑道可是呢倒忘了如今赶着做幾個好的預備着正月裡頑說着一齊來至地炕屋內只見杯盤果菜俱已擺齊了墻上已貼出詩題韻脚格式來了寶玉湘雲二人忙看時只見題目是即景聯句五言排律一首限二蕭韻後面尚未列次序李紈道我不大會做詩我只起三句罷然後誰先得了誰先聯寶釵道到底分個次序要知端底且看下回分解

紅樓夢第四十九回終

紅樓夢第五十回

蘆雪亭爭聯即景詩　暖香塢雅製春燈謎

話說薛寶釵道倒底分個次序讓我寫出來說着便令衆人拈鬮爲序起首恰是李氏然後按次各各開出鳳姐兒道既這麼說我也說一句在上頭衆人都笑起來了說這麼更妙了寶釵將稻香老農之上補了一個鳳字李紈又將題目講給他聽鳳姐兒想了半天笑道你們別笑話我我只有了一句粗話可是五個字的下剩的我就不知道了衆人都笑道越是粗話越好你說了就只管幹正事去罷鳳姐兒笑道想下雪必刮北風昨夜聽見一夜的北風我有一句這一句就是一夜北風緊使得

使不得我就不管了衆人聽說都相視笑道這句雖粗不見底下的這正是會作詩的起法不但好而且留了寫不盡的多少地步與後人就是這句爲首稻香老農快寫上續下去鳳姐兒和李嬸娘平兒又吃了兩杯酒自去了這裡李紈就寫了

一夜北風緊

自已聯道

開門雪尚飄入泥憐潔白

香菱道

匝地惜瓊瑤有意榮枯草

探春道

無心飾萎苗價高村釀熟

李綺道

年稔府粱饒葭動灰飛管

李紋道

陽回斗轉杓寒山已失翠

岫煙道

凍浦不生潮易掛疎枝柳

湘雲道

難堆破葉蕉麝煤融寶鼎

寶琴道

綺袖籠金貂光奪窗前鏡

黛玉道

香粘壁上椒斜風仍故故

寶玉道

清夢轉聊聊何處梅花笛

寶釵道

誰家碧玉簫鼇愁坤軸陷

李紈笑道我替你們看熱酒去罷寶釵命寶琴續聯只見湘雲

起來道

龍鬬陣雲銷野岸回孤棹

寶琴也聯道

吟鞭指灞橋賜裘憐撫戍

湘雲那裡肯讓人且別人也不如他敏捷都看他揚眉挺身的說道

加絮念征徭坳垤審夷險

寶釵連聲讚好也便聯道

枝柯怕動搖皚皚輕趁步

黛玉忙聯道

翦翦舞隨腰苦茗成新賞

一面說一面推寶玉命他聯寶玉正看寶琴寶釵黛玉三人共戰湘雲十分有趣那裡還顧得聯詩今見黛玉推他方聯道

孤松訂久要泥鴻從印跡

寶琴接著聯道

林斧或聞樵伏象千峰凸

湘雲忙聯道

盤蛇一逕遙花緣經冷結

寶釵和眾人又都讚好探春聯道

色豈畏霜凋深院驚寒雀

湘雲正渴了忙忙的吃茶已被岫烟搶着聯道

空山泣老鴞階墀隨上下

湘雲忙丟了茶杯聯道

池水在浮漂照耀臨清曉

黛玉忙聯道

繽紛入永宵誠忘三尺冷

湘雲忙笑聯道

瑞釋九重焦僵臥誰相問

寶琴也忙笑聯道

狂遊客喜招天機斷縞帶

湘雲又忙道

海市失鮫綃

黛玉不容他道出接着便道

寂寞封台謝

湘雲忙聯道

清貧懷簞瓢

寶琴也不容情也忙道

烹茶漸水沸

湘雲見這般自為得趣又是笑又忙聯道

煮酒葉難燒

黛玉也笑道

沒帚山僧掃

寶琴也笑道

埋琴稚子挑

湘雲笑灣了腰忙忘了一句衆人問道到底說的是什麽湘雲道

石樓閒睡鶴

黛玉笑得握着胸口高聲嚷道

錦罽煖親貓

寶琴也忙笑道

月窟翻銀浪

湘雲忙聯道

霞城隱赤標

黛玉忙笑道

沁梅花可嚼

寶釵笑稱好句也忙聯道

淋竹醉堪調

寶琴也忙道

或濕鴛鴦帶

湘雲忙聯道

時凝翡翠翹

黛玉又忙道

無風仍脉脉

寳琴又忙笑聯道

不雨亦瀟瀟

湘雲伏着已笑軟了衆人看他三人對搶也都不顧作詩看着也只是笑黛玉推還他往下又聯道你也有才盡力窮之時我聽聽還有什麽舌頭嚼了湘雲只伏在寳釵懷裡笑個不住寳釵推他起來道你有本事把二蕭的韻全用完了我纔服你湘雲起身笑道我也不是作詩竟是搶命呢衆人笑道倒是你自己說罷探春早已料定没有自己聯的了便早寫出來因說還没收住呢李紋聽了接過來便聯了一句道

欲誌今朝樂

李綺收了一句道

凴詩祝舜堯

李紈道彀了彀了雖没作完了韻騰挪的字若生扭了倒不好了說着大家來細細評論一回獨湘雲的多都笑道這都是那塊鹿肉的功勞李紈笑道逐句評去却還一氣只是寳玉又落了第了寳玉笑道我原不會聯句只好擔待我罷李紈笑道也没有社社擔待的又說韻險了又整悞了又不會聯句今日必罰你我纔看見櫳翠庵的紅梅有趣我要折一枝插在瓶可厭妙玉爲人我不理他如今罰你取一枝來插著頑兒衆人都道

這罰的又雅又有趣寶玉也樂爲答應着就要走湘雲黛玉一起說道外頭冷得很你且吃杯熱酒再去於湘雲早熱起壺酒來了黛玉遞了個大杯滿斟了一杯湘雲笑道你吃了我們這酒要取不來加倍罰你寶玉忙吃了一杯冒雪而去李紈命人好好跟着黛玉忙攔說不必有了人反不得了李紈點頭道是一面命丫鬟將一個美女聳肩瓶拿來貯了水準備插梅因又笑道回來該吟紅梅了湘雲忙道我先作一首寶釵笑道今日斷不容你再作了你都搶了去別人都閒着也沒趣回來罰寶玉他說不會聯句如今就叫他自己做去黛玉笑道這話很是我還有主意方纔聯句不彀莫若揀那聯得少的人作紅梅詩

寶釵笑道這話是極方纔邢李二位屈才且又是客琴兒和顰兒雲兒他們搶了許多我們一槩都別作只他們三人做纔是李紈因說綺兒也不大會做還是讓琴妹妹罷寶釵只得依允又道就用紅梅花三個字做韻每人一首七言律邢大妹妹做紅字你們李大妹妹做梅字琴兒做花字李紈道饒過寶玉去我不服湘雲忙道有個好題目命他做衆人問何題湘雲道命他就做訪妙玉乞紅梅豈不有趣衆人聽了都說有趣一語未了只見寶玉笑欣欣擎了一枝紅梅進來衆丫鬟忙已接過插入瓶內衆人都道來賞玩寶玉笑道你們如今賞罷也不知費了我多少精神呢說着探春早又遞了一鍾煖酒來衆丫鬟上

來接了簑笠撣雪各人屋裡丫鬟都添送衣裳來襲人也遣人送了半舊的狐腋褂來李紈命人將那蒸的大芋頭盛了一盤又將硃橘黃橙橄欖等物盛了兩盤命人帶給襲人去湘雲且告訴寶玉方纔的詩題又催寶玉快做寶玉道好姐姐好妹妹們讓我自己用韻罷別限韻了衆人都說隨你做去罷一面說一面大家看梅花原來這一枝梅花只有二尺來高傍有一枝縱橫而出約有二三尺長其間小枝分岐或如蟠螭或如僵蚓或孤削如筆或密聚如林眞乃花吐胭脂香欺蘭蕙各各稱賞誰知岫烟李紈寶琴三人都已吟成各自寫了出來衆人便依紅梅花三字之序看去寫道

賦得紅梅花　邢岫烟

桃未芳菲杏未紅　冲寒先喜笑東風
魂飛庾嶺春難辨　霞隔羅浮夢未通
綠蕚添粧融寶炬　縞仙扶醉跨殘虹
看來豈是尋常色　濃淡由他冰雪中

又　李紈

白梅懶賦賦紅梅　逞艷先迎醉眼開
凍臉有痕皆是血　酸心無恨亦成灰
誤吞丹藥移眞骨　偷下瑤池脫舊胎
江北江南春燦爛　寄言蜂蝶漫疑猜

又　　　　　　　　　　　　寶琴

疎是枝條艷是花　春粧兒女競奢華

閒庭曲檻無餘雪　流水空山有落霞

幽夢冷隨紅袖笛　遊仙香泛絳河槎

前身定是瑤台種　無復相疑色相差

眾人看了都笑着稱讚了一回又指末一首更好寶玉見寶琴年紀最小才又敏捷黛玉湘雲二人斟了一小杯酒都賀寶琴寶釵笑道三首各有好處你們兩個天天捉弄厭了我如今又捉弄他來了李紈又問寶玉你可有了寶玉忙道我倒有了纔一看見這三首又唬忘了等我再想湘雲聽了便拿了一支銅

火箸擊着手爐笑道我擊了若鼓絕不成又要罰的寶玉笑道我已有了黛玉提起筆來笑道你念我寫湘雲便擊了一下笑道一鼓絕寶玉笑道有了你寫罷眾人聽他念道

酒未開罇句未裁

黛玉寫了搖頭笑道起的平平湘雲又道快着寶玉笑道

尋春問臘到蓬萊

黛玉湘雲都點頭笑道有些意思了寶玉又道

不求大士瓶中露　為乞孀娥檻外梅

黛玉寫了搖頭說小巧而已湘雲將手又敲了一下寶玉笑道

入世冷挑紅雪去　離塵香割紫雲來

槎枒誰惜詩肩瘦　衣上猶沾佛院苔

黛玉寫畢湘雲大家纔評論時只見幾個丫鬟跟進來道老太太來了衆人忙迎出來大家又笑道怎麼這等高興說着遠遠見賈母圍了大斗蓬帶着灰鼠煖兜坐着小竹轎打著青綢油傘鴛鴦琥珀等五六個丫鬟每人都是打着傘擁轎而來李紈等忙往上迎賈母命人止住說只站在那裡就是了來至跟前賈母笑道我瞞着你太太和鳳丫頭來了大雪地下我坐著這個無妨沒的叫他娘兒們踹雪嗎衆人忙上前來接斗蓬攙扶着一面答應着賈母來至室中先笑道好俊梅花你們也會樂我也不饒你們說著李紈早命人拿了一個大狼皮褥子來鋪

在當中賈母坐了因笑道你們只管照舊頑笑吃喝我因爲天短了不敢睡中覺抹了一會牌想起你們來了我也來湊個趣兒李紈早又捧過手爐來探春另拿了一付盃筯來親自斟了煖酒奉給賈母賈母便飲了一口問那個盤子是什麼東西衆人忙捧了過來回說是糟鵪鶉賈母道這倒罷了撕一點子腿兒來李紈忙答應了要水洗手親自來撕賈母道你們仍舊坐下說笑我聽着纔喜歡又命李紈你也只管坐下就如同我沒來的一樣纔好不然我就走了衆人聽了方纔依次坐下只李紈挪到儘下邊賈母因問你們作什麼頑呢衆人便說做詩呢賈母道有做詩的不如做些燈謎兒大家正月裡好頑衆人答

應說笑了一會賈母便說這裡潮濕你們別久坐仔細着了凉倒是你四妹妹那裡煖和我們到那裡瞧瞧他的畫兒赶年可能有了不能衆人笑道那裡能年下就有了只怕明年端陽纔有呢賈母道這還了得他竟比盖這園子還費工夫了說着仍坐了竹椅轎大家圍隨過了藕香榭穿入一條夾道東西兩邊皆是過街門門樓上裡外都嵌著石頭匾如今進的是西門向外的匾上鑿着穿雲二字向裡的鑿着度月兩字來至堂中進了向南的正門賈母下了轎惜春已接出來了從裡面遊廊過去便是惜春臥房廈簷下掛着煖香塢的匾早有幾個人打起猩紅毡簾已覺煖氣拂臉大家進入屋裡賈母並不歸坐只問

惜春畫到那裡了惜春因笑回天氣寒冷了膠性都凝澁不潤畫了恐不好看故此收起來了賈母笑道我年下就要的你別脫懶兒快拿出來給我快畫一語未了忽見鳳姐披著紫羯絨褂笑嘻嘻的來了口內說道老祖宗今兒也不告訴人私自就來了叫我好找賈母見他來了心中喜歡道我怕你凍着所以不許人告訴你去你真是個小鬼靈精兒到底找了我來論禮孝敬也不在這上頭鳳姐兒笑道我那裡是孝敬的心找了來呢我因爲到了老祖宗那裡鴉沒雀靜的問小丫頭子們他又不肯叫我找到園裡來我正疑惑忽然又來了兩個姑子我心裡纔明白了那姑子必是來送年䟽或要年例香例銀子老祖

宗年下的事也多一定是躲債來了我赶忙問了那姑子果然不錯我纔就把年例給了他們去了這會子老祖宗的債主兒已去了不用躲着了已預備下稀嫩的野鷄請用晚飯去罷再遲一回就老了他一行說眾人一行笑鳳姐兒也不等賈母說話便命人擡過轎來賈母笑着挽了鳳姐兒的手仍上了轎帶着眾人說笑出了夾道東門一看四面粉妝銀砌忽見寶琴披着鳧靨裘站在山坡背後遙等身後一個丫鬟抱着一瓶紅梅眾人都笑道怪道少了兩個他却在這裡等着也弄梅花去了賈母喜的忙笑道你們瞧這雪坡兒上配上他這個人物兒又是這件衣裳後頭又是這梅花像個什麼眾人都笑道就像老

太太屋裡掛的仇十洲畫的艷雪圖賈母摇頭笑道那畫的那裡有這件衣裳人也不能這樣好一語未了只見寶琴身後又轉出一個穿大紅猩猩毡的人來賈母道那又是那個女孩兒眾人笑道我們都在這裡那是寶玉賈母笑道我的眼越發花了說話之間來至跟前可不是寶玉和寶琴兩個寶玉笑向寶釵黛玉等道我纔又到了櫳翠庵妙玉竟每人送你們一枝梅花我已經打發人送去了眾人都笑說多謝你費心說話之間已出了園門來至賈母房中吃畢飯大家又說笑了一回忽見薛姨媽也來了說好大雪一日也沒過來望候老太太今日老太太倒不高興正該賞雪纔是賈母笑道何曾不高興了我找

了他們姐妹去頑了一會子薛姨媽笑道昨兒晚上我原想着今日要和我們姨太太借一天園子擺兩桌粗酒請老太太賞雪的又見老太太安歇的早我聽見寶兒說老太太心裡不大爽因此如今也不敢驚動早知如此我竟該請了纔是呢賈母笑道這纔是十月裏頭塲雪往後下雪的日子多着呢再破費姨太太不遲薛姨媽笑道果然如此算我的孝心虔了鳳姐兒笑道姨媽怎麽忘了如今現秤五十兩銀子來交給我收着一下雪我就預備下酒姨媽也不用操心也不得忘了賈母笑道旣這麽說姨太太給他五十兩銀子收着我和他每人分二十五兩到下雪的日子我粧心裡不爽混過去了姨太太更不用

操心我和鳳姐到得實惠呢鳳姐將手一拍笑道妙極這和我的主意一樣衆人都笑了賈母笑道呸沒臉的就順着竿子爬上來了你不說姨太太是客在偺們家受屈我們該請姨太太纔是那裡有破費姨太太的理不這麽說呢還有臉先要五十兩銀子真不害臊鳳姐笑道我們老祖宗最是有眼色的試一試姨媽要鬆呢拿出五十兩來就和我分這會子估㑺着不中用了翻過來拿我做法子説出這些大方話來如今我也不和姨媽要銀子了我竟替姨媽出銀子治了酒請老太太吃了我另外再封五十兩銀子孝敬老祖宗算是罰我個包攬閒事這可好不好話未說完衆人都笑倒在炕上賈母因又說及寶琴

雪下折梅比畫兒上還好又細問他的年庚八字並家內景況薛姨媽度其意思大約是要給他求配薛姨媽心中因也遂意只是已許過梅家了因賈母尚未說明自已也不好擬定遂半吐半露告訴賈母道可惜了這孩子沒福前年他父親就沒了他從小兒見的世面倒多跟他父親四山五岳都走遍了他父親好樂的各處因有買賣帶了家眷這一省逛一年明年又到那一省逛半年所以天下十停走了有五六停了那年在這裡把他許了梅翰林的兒子偏第二年他父親就辭世了如今他母親又是痰症鳳姐兒也不等說完便嗐聲跺腳的說偏不巧我正要做個媒呢又已經許了人家賈母笑道你要給誰說媒鳳姐兒笑道老祖宗別管心裡看準了他們兩個是一對如今有了人家說也無益不如不說罷了賈母也知鳳姐兒的意思聽見只有人家也就不提了大家又閒話了一會方散一宿無次日雪晴飯後賈母又吩咐惜春不管冷煖你要畫去趕到年話下十分不能就罷了第一要緊把昨兒琴兒和丫頭梅花照樣一筆別錯快快添上惜春聽了雖是為難的事就應了一時眾人都來看他如何畫惜春只是出神李紈因笑向眾人道讓他自已想去咱們且說話兒昨兒老太太只叫做燈謎兒回到家和綺兒紋兒睡不着我就編了兩個四書的他兩個每人也編了兩個眾人聽了都笑道這倒該做的先說了我們猜猜李

紈笑道觀音未有世家傳打四書一句湘雲接着就說道在止于至善寶釵笑道你也想一想世家傳三個字的意思再猜李紈笑道再想黛玉笑道我猜罷可是雖善無徵衆人都笑道這句是了李紈又道一池青草草何名湘雲又忙道這一定是蒲芦也再不是不成李紈笑道這難爲你猜紋兒的是水向石邊流出冷打一古人名探春笑着問道可是山濤李紈道是李紈又道綺兒是個螢字打一個字衆人猜了半日寶琴道這個意思却深不知可是花草的花字李綺笑道恰是了衆人道螢與花何干黛玉笑道妙的很螢可不是花化的衆人會意都笑了說好寶釵道這些雖好不合老太太的意不如做些淺近的物

兒大家雅俗共賞纔好衆人都道也要做些淺近的俗物纔是湘雲想了一想笑道我編了一枝點絳唇却真是個俗物你們猜猜說着便念道溪壑分離紅塵遊戲真何趣名利猶虛後事終難繼衆人都不解想了半日也有猜是和尚的也有猜是道士的也有猜是偶戲人的寶玉笑了半日道都不是我猜着了必定是耍的猴兒湘雲笑道正是這個了衆人道前頭都好末後一句怎麽解湘雲道那一個耍的猴兒不是剁了尾巴去的衆人聽了都笑起來說偏他編個謎兒也是刁鑽古怪的李紈道昨日姨媽說琴妹妹見得世面多走的道路也多你正該編謎兒況且你的詩又好爲什麽不編幾個兒我們猜一猜寶

琴聽了點頭含笑自有尋思寶釵也有一個念道

鏤鏤鐫梓一層層　豈係良工堆砌成
雖是半天風雨過　何曾聞得梵鈴聲

衆人猜時寶玉也有一個念道

天上人間兩渺茫　琅玕節過謹隄防
鸞音鶴信須凝睇　好把唏噓答叱着

黛玉也有了一個念道

騄駬何勞縛紫繩　馳城逐塹勢猙獰
主人指示風雲動　鰲背三山獨立名

探春也有了一個方欲念時寶琴走來笑道從小兒所走的地方的古蹟不少我也來挑了十個地方古蹟做了十首懷古詩詩雖粗鄙却懷往事又暗隱俗物十件姐姐們請猜一猜衆人聽了都說這倒巧何不寫出來大家一看要知端的且聽下回分解

紅樓夢第五十回終